Annika Reich

Lotto macht, was sie will

Für Rosa und Nicolai

ANNIKA REICH
LOTTO
MACHT, WAS SIE WILL!

Mit Illustrationen
von Regina Kehn

Carl Hanser Verlag

1 2 3 4 5   20 19 18 17 16

ISBN 978-3-446-25307-0
Alle Rechte vorbehalten
© Carl Hanser Verlag München 2016
Satz im Verlag
Druck und Bindung: TBB, a. s., Banská Bystrica
Printed in Slovak Rebublic

MIX
Aus verantwortungs-
vollen Quellen
FSC® C022120
FSC
www.fsc.org

EIN GANZER TAG

ZÄHNE PUTZEN

Ich weiß genau, warum ich morgens Zähne putzen muss, auch am Samstag, jeden Morgen eigentlich: Weil ich sonst Löcher bekomme.

Das mit Karius und Baktus ist aber Quatsch. Es gibt keine kleinen Männchen, die mit einer Hacke Löcher in die Zähne hauen.
Und wenn es solche Männchen geben würde, dann hätten sie keine gestreiften Hemden an. Bakterien mit rot und blau gestreiften Hemden? Niemals!

Das mit den Zähnen ist aber eine wichtige Sache. Und wichtige Sachen muss man ernst nehmen. Ist ja klar.
Deshalb ist es schon okay, dass Karius und Baktus am Schluss ins Meer gespült werden – zur Strafe. Das haben sie verdient.

Ins Meer gespült zu werden kann wirklich schlimm sein.
Ich kenne mich aus mit dem Meer. Ich weiß, dass es eine Tiefsee gibt.
In der Tiefsee leben Kolosskalmare – mit Augen, groß wie Suppenteller.

Ein paar meiner Zähne sind schon echt, nicht mehr Milch.

Und die putze ich, so gut ich kann.

Das habe ich gestern beschlossen.

Gestern stand an der Ampel ein Mann neben mir, der hatte da,
wo sonst Zähne sind, schwarze Stümpfe und riesige schwarze Löcher.
Die schwarzen Löcher waren eigentlich noch gruseliger
als die schwarzen Stümpfe.
Zusammen waren sie das Gruseligste, was ich je gesehen habe.

Ich wollte ganz laut schreien,
aber ich hab's nicht getan,
weil man andere
Menschen nicht
anschreien soll, auch
wenn sie eine
Räuberhöhle mitten
im Gesicht haben.

Wegen der Räuberhöhle
werde ich mir jetzt
die Zähne putzen.
Wegen der Räuberhöhle
und nicht wegen zwei
kleinen Männchen in rot
und blau gestreiften
Hemden.

Wenn ich mal groß bin, dann mache ich meinen Kindern *richtig* Angst
und erzähle ihnen nichts von kleinen Männchen in gestreiften Hemden,
so als dürften Kinder nur ein bisschen Angst haben oder eigentlich
gar keine.

Also, los jetzt: Zähne putzen!
Zuerst drücke ich die Zahnpasta im Waschbecken aus. Ich weiß schon,
dass ich das eigentlich nicht darf, aber wenn ich mir jetzt schon so gut
die Zähne putze, dann darf ich das vielleicht doch.

Ich fange ganz unten im Waschbecken an, die Zahnpastatube
auszudrücken, da, wo diese silberne Scheibe ist und das Wasser
weggegurgelt wird. Und ich drücke so lange, bis ich ganz oben
am Rand angekommen bin. Schon sind da die schönsten türkis-
weißen Kurven, die man sich überhaupt vorstellen kann.

Zähneputzen ist toll.

Dann lege ich die Zahnbürste an den Rand und gehe mit den Augen
so nah an die Borsten ran, dass ich da reinschlüpfen kann.
Und schon bin ich drin.

Die Borsten sind fast doppelt so hoch wie ich, aber viel zerzauster.
So zerzaust wie die bin ich nicht mal, wenn ich drei Tage lang
keine Haare gekämmt habe. Die sind wirklich sehr, sehr zerzaust.

Zähneputzen ist noch toller, als ich gedacht habe.

Ich will jetzt ein Borstenkatapult bauen und durch die Luft fliegen.

Also hänge ich mich an eine Borste dran. Die Borste ist ganz schön stark, aber ich bin noch stärker.

Kennt ihr das, wenn ihr denkt, dass ihr Superkräfte habt?

Ich denke das manchmal.

Und hui: Schon geht's los! Mit so einem Karacho fliege ich durch die Luft, dass es sich fast wie ein Raketenstart anfühlt.

Dann macht es einen Riesenrumps, und ich lande genau neben der silbernen Scheibe unten im Becken. Das hat wehgetan, aber das ist mir egal. Meine Zahnbürste ist ein Katapult.

Ein echtes Katapult!

Zähneputzen ist noch viel, viel toller, als ich gedacht habe.

Doch jetzt hocke ich da, und das Becken ist von hier unten ganz schön steil. Ich habe keine Ahnung, wie ich je wieder raufkommen soll.
Und mein Po tut weh, supersauweh.

Ich setze mich also auf die silberne Scheibe am Boden des Beckens und denke nach.
Und als ich so nachdenke, schaue ich mir noch mal die Zahnpastakurven an, die ich vorhin aus der Tube gedrückt habe. Sie schlängeln sich das Becken hoch und sind wirklich sehr, sehr schön.

Genau da drücke ich meine Füße jetzt rein. Das ist kalt und klebrig und kitzelt ein bisschen – aber plötzlich habe ich die beste Idee: Ich stehe auf und stapfe Schritt für Schritt durch die Zahnpastakurven das Becken hinauf bis zum Rand.

Und als ich gerade oben angekommen bin und zurück in die Borsten klettere, ruft Papa: »Bist du fertig?«

»Gleich!«, rufe ich und muss grinsen – so wie Katapultbesitzerinnen eben grinsen.

HAARE WASCHEN

Wenn ihr jetzt glaubt, dass es nach all dem Abenteuer endlich Frühstück gibt … Pustekuchen! Vorher muss ich noch meine Haare waschen. Warum, weiß kein Mensch, meine Eltern übrigens auch nicht, aber ich hab das schon durchschaut: Am strengsten tun sie immer dann, wenn sie selbst nicht wissen, warum.

Mama duscht. Sie duscht immer vor dem Frühstück und wartet jetzt, dass ich in die Badewanne steige. Das Wasser ist schon drin, ich noch nicht. Ich mag mich nicht waschen und meine Haare schon gar nicht.

Ich mag kein Shampoo in den Augen, kein Brennen und kein Ziepen. Ich mag dieses Gefühl nicht, wenn meine Hände aufweichen und aussehen wie Pilze von unten. Ich mag nicht, wenn der Schaum in den Ohren knistert. Und was ich am allerwenigsten mag, ist: Föhnen.

Normalerweise bekommt man doch nach schrecklichen Sachen eine Belohnung. Beim Zahnarzt einen Kreisel, bei der Kinderärztin ein Tattoo und beim Friseur so viele Bonbons, wie man will. Sieben oder dreizehn.

Und beim Haarewaschen? Da bekommt man keinen Kreisel, kein Tattoo und keine Bonbons, da bekommt man Föhnen.

Mama duscht immer noch.

Warum sie oft stundenlang duscht, weiß ich nicht. Duscht eure etwa
auch so lang? Meine macht sich nicht schmutzig und malt sich nicht an.
Außer Lippenstift, Wimperntusche und diesen Puder, den man sowieso
nicht sieht, malt sie sich gar nichts ins Gesicht. Und Lippenstift duscht
man nicht weg, dafür gibt's diese Wattewolken in Rosa und Hellblau.

Trotzdem steht Mama da und duscht und duscht und duscht.
Ich glaube wirklich, dass sie das freiwillig macht. Papa stellt sich
ja nicht vor sie hin und sagt: »Geh endlich duschen!«

Als ich klein war, musste ich mal heulen, weil ich dachte, sie duscht
so lange, bis sie weg ist. Ich dachte, Menschen seien wie Seifen
und würden weniger, wenn man sie unter Wasser reibt.

Die Scheibe ist schon ganz beschlagen. Das ist das einzig Tolle an diesem
ewigen Rumgedusche. Ich mag es, durch die beschlagene Scheibe zu
schauen. Ich fühle mich dann wie in den Tropen – so heiß und dampfig.

Wahrscheinlich wart ihr noch nicht in den Tropen, ich auch nicht,
aber das macht nichts, wir können uns die Tropen doch vorstellen,
dann kennen wir sie auch, die Tropen.

In der Dusche dampft es. Der Dampf kommt aus einem Vulkan.
Mama steht am Rande eines Kraters, aus dem es nur so rausdampft.
In den Tropen regnet es ja ständig, obwohl es so heiß ist. Morgens,
mittags, abends regnet es da.

Wenn ich mal eine große Reise machen darf, fahre ich genau dahin:
zu einem Vulkan in den Tropen. Ich mag es, wenn es heiß ist und brodelt.

Außerdem finde ich Lava toll. Immer wenn ich an Lava denke,
fällt mir ein, dass die Erde so tief ist. So viel tausendmal tiefer, als ich
je im Sandkasten gegraben habe, als ich noch klein war. Und dass
da unten in der Erde so viel los ist.

Man könnte ja denken, je tiefer man in die Erde gräbt, desto ruhiger wird es, aber in echt ist es genau andersherum: Je tiefer man in die Erde gräbt, desto wilder wird es. Es ist total wild da unten, wild und heiß und brodelnd.

Ich muss mir das merken fürs nächste Mal, wenn mir wieder langweilig ist. Oft ist mir ja nicht langweilig, aber wenn mir langweilig ist, dann ist mir so langweilig, dass ich denke, das hört nie mehr auf.

Dabei ist es ja nur hier oben, also auf der Erdoberfläche, so wahnsinnig langweilig, unten aber gar nicht. Da kocht die Lava. Ich weiß das.

Nur weil es hier in unserer Straße keinen Vulkan gibt, heißt das nicht, dass nicht direkt unter mir gerade ein riesiger Lava-Strom fließt, der noch viel wilder, heißer und brodelnder ist als alles andere auf der Welt. Ich vergesse das nur immer wieder.

Mama hat die Dusche abgestellt und trocknet sich ab. Jetzt wird es ernst mit dem Haarewaschen. »Ab in die Wanne!«, sagt sie, als wäre das was Nettes.

Ich presse meine Füße ganz fest auf den Boden, um die Lava zu spüren, und es wird tatsächlich ein bisschen heiß unter meinen Fußsohlen.

Wasser, das sich in Vulkanen sammelt, ist ein bisschen weiß. Das habe ich schon mal gesehen. Schwefel heißt das Zeug, das das Wasser so weiß färbt, glaube ich, und Schwefel (oder wie das heißt) stinkt wie Sau.

Papa kommt rein und bringt mir ein Glas Milch. Ich kippe es sofort
ins Badewasser, und schon sieht es aus wie in einem Vulkansee.

Mama sagt: »Das ist eine Riesensauerei!« Papa sagt: »Stimmt,
eine Riesensauerei!«
Ich halte mir die Nase zu und steige ins Wasser.

»Das machst du nie wieder!«, sagt Mama. »Das war die letzte Milch«,
sagt Papa.
Ich schüttele den Kopf und halte mir weiter die Nase zu.

Dann gehen sie raus.

Von draußen höre ich sie reden: »Hast du Lotto deine alten Asterix-
Hefte gegeben?« – »Ja, warum?« – »Ich glaube, sie spielt Kleopatra.«

Kleopatra? Auch super. Die wurde dauernd von Männern in Sandalen
auf einer goldenen Sänfte durch die Gegend getragen, konnte
rumbefehlen, was sie wollte, und bekam alles. Alles! Nur das
mit dem Baden in der Eselsmilch wäre mir zu eklig, aber Eselsmilch
gibt's in unserem Supermarkt zum Glück auch nicht.
Hab ich jedenfalls noch nie im Kühlregal gesehen.

Kleopatra also.

Ich strecke meine Nase in die Höhe und zeige mit ausgestrecktem Arm
und ausgestrecktem Zeigefinger hierhin und dahin und dorthin
und sage dabei mit einer strengen, aber wirklich sehr, sehr königlichen
Stimme: »Holt mir eine Torte! Ach was! Holt mir zehn Torten!
Mit Sahne, Schokostreuseln und Tamtam!«

Was eine Torte mit Tamtam ist, weiß ich so schnell auch nicht,
aber es klingt wie ein königlicher Befehl. Sollen sich doch meine Köche
den Kopf zerbrechen! Wozu hab ich die denn sonst?

Ich rufe: »Jetzt aber dalli!« und: »Das ist ein Befehl von ihrer Majestät,
Kleopatra, Kaiserin von Ägypten!«

Dann tauche ich schnell unter, weil ich mich als Majestät
in der Badewanne selbst so lustig finde, dass ich kichern muss,
und Kleopatra sich bestimmt nicht über ihre eigenen Befehle
kaputtgelacht hat. Oder vielleicht doch?

STRUMPFHOSEN

Klar, ihr denkt jetzt, ich beiße gerade in ein knuspriges Brötchen
mit dick Butter und noch dicker Erdbeermarmelade drauf oder so.
Aber: nichts da!
Ich soll mich vor dem Frühstück noch anziehen. Ich mag mich
aber nicht anziehen. Ich hasse anziehen. Und deswegen sitze ich
jetzt hier vor meinem Schreibtisch.

Im Sommer macht mir das Anziehen nichts aus, aber im Winter
gibt es Strumpfhosen. Und Strumpfhosen knirschen unten am Fuß.
Sie knirschen so, als ob man in Styropor beißt. Ich mag kein
Styropor. Ich bin schließlich kein Roboter.

Wenn ich ein Roboter wäre, dann wäre Styropor
vielleicht mein Frühstücksbrot, dann würde
ich vielleicht Styropor frühstücken und mir
Antennenmarmelade draufschmieren,
aber ich bin kein Roboter.

Außerdem, da fällt mir ein: Habt ihr schon mal einen Roboter mit einer Strumpfhose gesehen? Also ich nicht. Das sähe ja auch beknackt aus, total beknackt.

Mein Schreibtisch ist rot. Eine schöne rote Platte aus Holz mit ein paar Aufklebern drauf.
Also, na ja, so genau weiß ich das eigentlich schon gar nicht mehr, weil ich die schöne rote Platte schon lange nicht mehr gesehen habe.
Die Beine vom Schreibtisch schon, aber nicht die Platte.

Das liegt an meinen Eltern. Die sagen immer, ich soll alles vom Boden aufheben, damit sie sauber machen können. Und dann hebe ich alles auf und lege es auf den Schreibtisch. Und das geht tagelang so, bis ich gar nicht mehr weiß, wie rot meine schöne rote Platte eigentlich ist.

Ich sitze sehr gerne in meinem Zimmer herum. Am liebsten sitze ich vor meinem Schreibtisch, wenn er so voll ist wie jetzt gerade. Dann schaue ich mir die ganzen Schichten an und entdecke tolle Sachen.

Ich bücke mich dann immer und lege meinen Kopf schräg, und wenn ich das mache, dann sieht mein Schreibtisch aus wie ein Gebirge. Mit ganz vielen Gipfeln und Tälern. Und wenn ich dann noch ein bisschen schiele, dann verschwimmt das Bild, und man kann die tollsten Sachen entdecken.

Da hinten zum Beispiel: Da ragt ein pinker, abgeknickter und abgekauter Strohhalm heraus wie die Antenne eines abgestürzten UFO.
Den einen Teil vom UFO kann man auch noch sehen. Es ist rund (alle UFO sind rund) und funkelt silbern (alle UFO funkeln silbern).
Auf dem UFO hier steht: *Wolfgang Amadeus Mozart*. Eigentlich ein super Name für ein UFO.

Nur Papa sollte das jetzt nicht sehen, weil er sonst auf die Idee kommen könnte, dass das runde silberne Ding kein UFO, sondern eine CD ist, die nicht auf meinen Schreibtisch gehört. Und dann hätte ich nicht nur ein Problem mit meiner Strumpfhose.

Da drüben ist noch eine Antenne, die ist auch abgeknickt und abgekaut, aber weiß, nicht pink. Sie steckt in einem zerknautschten Walky-Talky mit der Aufschrift: *Apfelsaft*.

Das Walky-Talky ist bestimmt aus dem UFO gefallen. Ich finde es lustig, dass die Männchen in den UFOs Apfelsaft trinken. Sie trinken gar keinen grünen Schleim, sondern ganz normalen Apfelsaft. So wie ich. Nur dass sie damit auch noch funken können.

Hier vorne rechts kann man in den Berg reinschauen: lauter dünne bunte Schichten Berg. Linierte, weiße, blaue, rote, gelackte und durchsichtige Schichten. Und auf jede einzelne Schicht habe ich mal was gemalt. Ich male gern. Am liebsten Monster.

Mitten in den Schichten liegen drei Schichten, die viel dicker sind. Die mittlere sieht aus wie Käse, die obere und die untere sehen aus wie Brot.

Wenn das echt ein Brot sein soll, dann ist das ein Wahnsinns-Fund.
Dann ist das ein versteinertes Käsebrot. So wie es diese versteinerten
Schnecken gibt. Die sind wirklich uralt.

Und wenn es uralt ist, das Brot, dann kann es nicht aus dem UFO
gefallen sein, weil UFOs aus der Zukunft kommen. Das muss dann
aus der anderen Richtung gekommen sein. Aus der Vergangenheit,
von ganz, ganz hinten, also früher.

Von den Neandertalern wahrscheinlich, das waren die ersten Menschen
auf der Welt; die sahen aus wie Affen und hatten Haare auf der Nase.

Mein Opa hatte auch Haare auf der Nase, und ich dachte immer nur,
das ist halt so. Aber jetzt denke ich, dass er vielleicht noch viel,
viel älter war, als man sich überhaupt vorstellen kann.
Fast so alt wie ein Neandertaler.

Ich kann mich leider fast gar nicht mehr an meinen Opa erinnern, aber das mit den Haaren auf der Nase, das weiß ich noch.

Das uralte Käsebrot muss also ein Neandertaler mit Haaren auf der Nase fallen gelassen haben, und dann sind wieder Schichten Berg drüber gewachsen.

So ganz weiß ich nicht, wie das funktioniert mit den Schichten. Ob die wachsen oder wie die entstehen. Berge müssen schließlich nicht aufräumen, das muss bei denen irgendwie anders gehen.

»Bist du angezogen?«, ruft Mama jetzt. »Frühstück ist fertig!«

Na endlich, denke ich. Jetzt muss ich nur noch irgendwie diese doofe Strumpfhose ankriegen. Ich versuche es mal mit meiner Superschlimm-Methode. Die funktioniert eigentlich immer.

Bei der Superschlimm-Methode denke ich mir was aus, das noch millionenmal schlimmer ist als das, was ich gerade machen muss.

Ich starre also auf das uralte Käsebrot und überlege mir, wie super-schlimm es wäre, da jetzt reinbeißen zu müssen. Und während ich denke, dass das wirklich supersuperschlimm wäre, ziehe ich ratzfatz meine Strumpfhose an.

Denn eins ist ja wohl klar: Ich beiße lieber auf Styropor als auf ein uraltes Käsebrot, das ein Neandertaler mit Haaren auf der Nase fallen gelassen hat.

»Ich komme«, rufe ich und renne grinsend zum Frühstück.

MÜLLZWINGUNG

Kaum hab ich meinen letzten Bissen BrötchenmitdickButterundnoch-
dickerErdbeermarmelade runtergeschluckt, zwingen meine Eltern
mich, den Müll runterzubringen. Ich habe ihnen gesagt, dass so
eine Müllzwingung gemein und Kinderarbeit verboten ist.

Ich verstehe auch wirklich nicht, warum sie das tun. Gerade haben wir
erst diesen Film im Fernsehen gesehen, in dem Kinder schon in
meinem Alter arbeiten müssen. Und jetzt das!
Im Fernsehen fanden meine Eltern das schlimm, Mama hat fast geheult,
so schlimm fand sie das. Nur bei mir ist es ihr schnurzpiepegal.

Im Müllraum stinkt es so, dass man denkt, man muss sofort sterben.
Ich bin viel zu jung, um zu sterben. Das habe ich meinen Eltern auch
gesagt. Und ob ihr es jetzt glaubt oder nicht: Sie haben nicht geheult
und mir einen extrasüßen Kakao gemacht, so einen mit vier, fünf Löffeln
drin, sie haben gar nichts gemacht. Sie haben sich nicht mal gefreut,
dass ich noch lebe. Sie haben so getan, als hätten sie es nicht gehört.

Wenn es um die Müllzwingung geht, dann sind meine Eltern hart
wie Stein. Das sagt man so: hart wie Stein. Und jetzt überlege ich echt,
ob ich von zu Hause abhauen soll. Ich könnte die Mülltüten in den Hof
schmeißen und abhauen. Dann würden meine Eltern heulen.
Boah – würden die dann heulen!

Das Problem mit der Müllzwingung ist ja nicht nur, dass es da so stinkt und man dabei fast stirbt oder sogar ganz stirbt, sondern dass es dort auch noch dunkel ist, dunkel wie im Grab, wenn ich jetzt mal genau drüber nachdenke.

Und: Ich muss mit dem Aufzug in den Müllraum fahren.
Ich kann die Tüten ja nicht die 147 Treppenstufen runterschleppen, denn so viele sind es. Ich hab's gezählt.

Ich hasse Aufzugfahren. Ich hasse den Müllraum. Ich hasse Zwingungen. Und ich verstehe nicht, warum das mit den Kindern und der Zwingung im Fernsehen schlimmer sein soll als bei mir.

Schon drückt mir Mama drei Mülltüten in die Hand. Eine dunkelgrüne mit Mischmaschmüll, eine gelbe mit leeren Milchkartons, Maisdosen und der leeren Shampooflasche und eine dritte mit dem Schimmelzeug.

Wenigstens muss ich nicht auch noch die ganzen leeren Weinflaschen runterbringen. Habt ihr schon mal Wein probiert? Passt gut zu Brokkoli. Mehr sag ich dazu nicht.

Mama schiebt mich in den Aufzug. Sie sagt, ich soll mich nicht so anstellen, und drückt auf E. In E – da ist der Müllraum. E wie Erdgeschoss. E wie Ekelhaft. E wie Egal, dass du dabei stirbst.

Kaum gehen die beiden Türen zu, fange ich an, mein Testament zu machen. Das sagt Max aus meiner Klasse immer, wenn jemand was Gefährliches macht, irgendwo runterspringen oder so.

Dann sagt Max immer: Mach lieber schon mal dein Testament.
Also mache ich jetzt lieber mal mein Testament.

Ein Testament ist ein Brief, den man verteilt, wenn man tot ist,
sagt Max. Man schreibt da rein, was wer bekommt, wenn man tot ist.
Ich kann das jetzt nicht schreiben, weil ich ja diese drei ekelhaften Tüten
in der Hand habe, aber ich kann es sagen. Und das gilt auch, sagt Max.

Ich rufe also laut in den Aufzug hinein, dass es nur so hallt:
»Ich vermache alles dem Mann aus dem Süßigkeitenladen,
wenn ich tot bin. Alles, auch meine Gitarre.«

Hoffentlich hört Mama das noch. Denn sie will nicht so oft
in den Süßigkeitenladen, und sie ist total scharf auf meine Gitarre.

Sie will, dass ich übe, und kaum übe ich, reißt sie mir die Gitarre
aus der Hand und spielt ihre superpeinlichen Lieder. Und dann singt sie
auch noch dazu. Was Peinlicheres gibt es nicht.

Jetzt ruckelt und wackelt es mehr,
als es jemals in einer Rakete ruckeln
und wackeln würde. Dann gehen
die Türen auf, und ich bin nicht tot,
sondern im Erdgeschoss.

Das ist schwer zu glauben, vor allem für jemanden wie mich,
die schon ihr Testament gemacht hat, aber es ist wahr.

Und »wahr« – das ist ein Wort wie »tot«. Beide sind anders als »grün«
oder »Nudeln«. Wenn ich »grün« oder »Nudeln« sage, dann sehe ich
sofort einen grünen Kaugummi und einen Berg Spaghetti vor mir.
Oder einen Frosch und 100 Maccheroni oder einen Baum
und 50 Tortellini.

Aber wenn ich »wahr« oder »tot« sage, dann sehe ich gar nichts
vor mir. Dann bekomme ich nur so ein Gefühl, und alles verschwimmt.
So als ob zu viele Dinge gleichzeitig in ein einziges Wort passen
müssten. So als ob dem Wort ein bisschen schwindelig davon
werden würde.

Also bei »wahr« ist das auf jeden Fall so. Bei »tot« ist es noch mal anders.
Das bin ich ja gleich. Und dann kann es mir auch eigentlich total egal
sein, was für ein Wort das ist: »tot«.

Da vorne ist der Müllraum. Hab ich schon gesagt, wie sehr es dort
stinkt? Dort stinkt es so, als ob ein uraltes, schwitzendes Stinktier
die grüne Kacke von einem Kamel gefressen hätte und diese Kacke
dann wieder auskackt. Genau so stinkt es da.

Man kann den Müllraum also nur überleben, wenn man es
in einem Affenzahn macht. Also: Luft anhalten, rein, mit der Hand
auf den Lichtschalter hauen, zur ersten Tonne rennen, den ekligen,
angesabberten, vollgesauten Deckel offen halten, die erste Stinketüte
reinschmeißen, den ekligen, angesabberten, vollgesauten Deckel
wieder zuknallen. Und so weiter: Gelbe Tonne: Rums. Schwarze Tonne:
Rums. Braune Schimmeltonne: Rums. Geschafft und raus!

Ich renne in den Hof und muss erst mal tief Luft holen.
Doch dann bleibe ich stehen.

Was war das da eigentlich gerade in der Schimmeltonne?

Ganz am Schluss, kurz bevor der Deckel wieder zu war, hat mich doch was angeschaut – aus der Schimmeltonne heraus.

Ich könnte schwören, dass ich da was gesehen habe. Und ich könnte schwören, dass es ein kleiner Hirsch war. Ein Minihirsch. So groß wie meine Hand. Mit einem weißen Geweih, als ob es oben daraufgeschneit hätte, mit einem winzigen roten Maul und diesen flauschigen, rot schimmernden Nasenlöchern, die Hirsche haben, weil es im Wald so viel besser riecht als in der Schimmeltonne und sie sowieso andauernd rumschnuppern, die Hirsche.

Nur, was macht so ein süßer kleiner Minihirsch in der Schimmeltonne?

Ich gehe also noch mal rein. Ohne die blöden Tüten kann ich mir ja auch die Nase zuhalten. Und das ist dann nur noch halb so schlimm, ehrlich.

Ich schleiche mich zur Schimmeltonne und lausche. Und ob ihr es nun glaubt oder nicht: in der Tonne schmatzt es. Es schmatzt und es mampft.

Und da fällt mir ein, dass so eine Tonne voller stinkender Essensreste für Minihirsche mit süßen Nasenlöchern wahrscheinlich ein Schlaraffenland ist. Für den süßen kleinen Hirsch ist es in der Tonne wahrscheinlich so, wie wenn ich in einer Wanne voller Süßigkeiten baden dürfte. Und wenn mich da einer rauspflücken würde, dann wäre ich sauer, supersauer sogar. Ich schau also lieber nicht noch mal rein, sondern flüstere nur: »Mach's gut, kleiner Hirsch!«, und schließe die Tür zum Müllraum ganz leise.

Dann gehe ich am Aufzug vorbei die Treppen hoch, klingele an der Tür, lasse Mama links liegen, lege meinen Zeigefinger über die Lippen und mache »Pscht!«, bevor ich in meinem Zimmer verschwinde.

Ich lege mich aufs Bett und grinse kein bisschen, sondern heule fast vor Glück: Das mit dem Minihirsch im Müllraum ist das tollste Geheimnis meines ganzen Lebens.

BROKKOLI

Wenn man so ein neues riesengroßes, wunderschönes Geheimnis
ganz neu hat, dann rast die Zeit. Dann liegt man ein bisschen herum
und denkt über sein Geheimnis nach, und schon ist eine Stunde rum
oder zwei oder fünf. Man denkt dann so, wem man es nicht verraten
wird und wie man es in 117 Jahren noch niemandem verraten
haben würde und wer es alles so irre gerne wissen würde, und schon
ist Mittagessen.

Heute gibt es Sternchensuppe, meine Lieblingssuppe.
Eine Suppe voller Sterne. Eine schönere Suppe gibt es nicht.

Darum hat der Brokkoli hier auch nichts zu suchen.
Aber er schwimmt da rum. Meine Eltern tun so,
als wäre das normal. Es gab aber noch nie Brokkoli
in der Sternchensuppe, noch nie.

Ich mag das Wort Brokkoli, aber ich mag es nicht essen. Wer mag schon
schöne Wörter essen? Brok-ko-li. Niemand isst schöne Wörter.

Wenn ich später mal Zirkusdirektorin bin, dann setze ich meinem
Clown eine grüne Perücke auf und nenne ihn Herrn Brokkoli.
Essen werde ich ihn natürlich nicht. Wer mag schon seinen eigenen
Clown essen? Niemand isst Clowns.

Papa versteht das nicht. Er sagt, ich soll nicht ablenken, aber ich lenke gar nicht ab, überhaupt nicht. Jetzt, wo ich endlich weiß, nach was Brokkoli schmeckt: nach Clown-Perücke, grünen Locken, eklig, bäh!

Papa ist eben kein Zirkusdirektor. Er wird auch keiner mehr. Dafür ist er schon zu alt. Er ist schon 40. Und mit 40 ist man wirklich zu alt, um noch was Richtiges zu werden. Papa ist Rechtsanwalt oder Linksanwalt, eins von beiden, jedenfalls mit Krawatte. Und er mag das auch sein, glaube ich, und das ist auch besser so, denn Zirkusdirektor kann er nicht mehr werden. Das muss man sich schon früher überlegen.

»Man muss manchmal auch Dinge essen, die man nicht mag«, sagt Mama. Und so was sagt sie, obwohl sie noch nicht mal 40 ist. Meine Eltern sind schon nett, aber von Brokkoli haben sie keine Ahnung. Und mit dem Satz von Mama und dem Brokkoli stimmt was nicht. Man muss nämlich nur dann Dinge essen, die man nicht mag, wenn es nicht anders geht. Wenn man in einer Rakete zum Mond fliegt zum Beispiel. Oder mit einem Pferd durch Amerika reitet.

In einer Rakete würde ich auch Brokkoli essen. Ohne mit der Wimper zu zucken, würde ich da Brokkoli essen, weil ich ja Raketenchefin werden will. Raketenchefin und Zirkusdirektorin.

Ich schau mal kurz, könnte ja sein, aber nein, leider: Er ist immer noch da, der Brokkoli. In der dunkelblauen Suppenschale, die aussieht wie ein Himmel, wenn da Sternchensuppe drin ist. Ein Himmel, den man essen kann.

Mit jedem Löffel voll Suppe purzeln die Sterne in meinen Bauch. Die Sterne und die dunkelblaue Suppe machen meinen Bauch zu einem Sternenhimmel. Von innen.

Das ist so schön, dass ich mich am liebsten selbst schlucken würde, um das mal zu sehen. Von innen. Aber das geht nicht. Man kann sich nicht selbst schlucken. Eine Schlange kann das. Aber wir können das nicht, wir Menschen. Wir können nur Suppe schlucken, nicht uns selbst.

Was hat ein Brokkoli überhaupt im Weltall verloren? Es gibt nicht mal Wasser im Weltall. Ich kenne mich aus mit Weltall.

Das mit dem Brokkoli im Weltall kann also gar nicht sein. Es ist unlogisch. Brokkoli in einer Sternchensuppe ist sogar das Allerunlogischste, was ich je gesehen habe. Und darum sage ich jetzt: »Ich esse keine unlogischen Dinge.«

Meine Eltern lachen und schauen sich so seltsam an dabei. Sie denken wohl, ich hätte was Lustiges gesagt. Manchmal verstehen sie wirklich gar nichts, meine Eltern. Aber was soll man auch von Menschen erwarten, die Brokkoli mögen?

Ich werde nie ein Mensch, der Brokkoli mag. Ich werde Raketenchefin.
Mama sagt, das heißt Astronautin. Das weiß ich natürlich, ich bin
ja nicht blöd. Ich sage Raketenchefin, weil ich die Rakete steuern will.
Ich will da nicht nur mitfahren, ich will sie steuern. Ich will bestimmen,
zu welchem Stern sie fliegt. Und ich fliege nur zum Saturn.
Der Saturn sieht aus wie ein Ball mit lauter Frisbees drum herum,
Frisbees, die aussehen wie Donuts. Total verrückt.

»Kannst du es nicht wenigstens mal probieren?«, fragt Mama jetzt.
»Ein kleines Brokkoli-Röschen.«
Röschen? Ausgerechnet! Hat man schon mal eine Raketenchefin
gesehen, die Röschen isst? Ich schüttele den Kopf. Keine Raketenchefin
der Welt würde was essen, das aussieht wie ein Röschen.

Was ich dem Brokkoli wirklich übel nehme, ist, dass er schwimmt.
Er könnte ja auch auf den Grund meiner blauen Schale sinken, und:
weg wäre er! Aber er schwimmt.

Ich versuch's mal mit Wegdenken. Das klappt eigentlich immer ganz gut. Und schon geht's los:

Schon schwebe ich so weit oben über der Suppe, dass der Brokkoli ganz klein wird. Und wenn er so klein ist und ich so weit über ihm schwebe, dann mag ich ihn sogar, dann sieht er aus wie ein Baum. Ein schöner Baum. Ein Baum, der mitten in einem dunkelblauen Meer mit lauter kleinen Seesternen steht.

Und wer mag schon einen Baum essen? Niemand isst einen Baum.

Ich tauche den Löffel ins Meer, fische ein paar Seesterne heraus und schlucke sie runter.
Mein Löffel ist jetzt ein silbernes Boot. Ich fahre um den Baum herum und ramme ihn. Der Baum kommt ins Schwanken, aber er fällt nicht um. Ich fische noch ein paar Seesterne heraus, weil sie so gut schmecken. Dann lege ich das Boot wieder neben der Schüssel ab, mache die Augen zu, hebe die Schale hoch und trinke so lange, bis das Meer und der Himmel in meinem Bauch angekommen sind.

Ich stelle die Schüssel wieder ab, lächle meine Eltern an und sage: »Vielen Dank fürs Essen. Darf ich jetzt abräumen?«

Und weil ich das noch nie gesagt habe und ich dann auch noch meine Serviette zusammenfalte, bekommen meine Eltern einen Schreck und nicken. Ich stehe also auf und trage meine Schüssel Richtung Küche, meine Schüssel, auf dessen trockenem Grund ein umgekippter Baum namens Brokkoli liegt.

Und während ich meinen Sieg über Herrn Brokkoli feiere, wende ich mein Gesicht ab, damit meine Eltern nicht sehen, dass ich grinsen muss wie eine Raketenchefin, die mit einem Riesenrumps auf dem Saturn gelandet ist.

Und wisst ihr, was das Tollste ist? Von hier aus könnte ich einen Frisbee nach dem anderen ins Weltall schleudern, wenn ich nur wollte.

TANTE MONIKAS TELEFON-TSUNAMI

Doch wenn ihr jetzt denkt, ich dürfe mich von meinem Kampf
mit dem Brokkoli erholen, habt ihr euch geschnitten. Denn schon
kommt die nächste Zumutung.
Kaum knibbele ich mal fünf Minuten an den Aufklebern auf meinem
Schreibtisch rum, fällt meiner Mutter auch schon ein, dass ich
mich noch nicht bei Tante Monika bedankt habe.

Ich hasse es, wenn ich telefonieren muss. Wenn ihr wüsstest,
wie sehr ich das hasse! Telefonieren müssen – und dann noch
mit Tante Monika – ist absolute Höchststrafe. Tante Monika ist nicht
mal eine echte Tante, sondern die Tante von irgendeiner Cousine
von Mama oder so was.

»Was denn für ein Geschenk?«, frage ich also.
»Na, die Eulenspardose.«

Scheiß Eulenspardose, denke ich, obwohl ich
die eigentlich ganz cool fand und man »scheiß«
nicht sagt, hab ich ja auch gar nicht gesagt.
»Die ist böse«, sage ich also, weil man
»böse« sagen darf, nur »scheiß« darf man
nicht sagen.

»Tante Monika?«, fragt Mama.

Ich grinse.

»Lotto ...«, sagt Mama streng.

»Die Eule«, sage ich.

»Eulen sind süß, und du hast dich gefreut«, sagt Mama und sucht
das Telefon.

»Süß?«, frage ich. »Jetzt sag bloß, du bist drauf reingefallen? Eulen sind
nicht süß, Eulen sind böse. Sie können ihren Kopf einmal ganz rundrum
drehen wie in einem Horrorfilm. So was können nur Monster.
Und das nennst du süß?«

»So ein Quatsch, Lotto.«

»Eulen klappern mit ihren Augen und machen einen auf niedlich.
Du gehst niedlichen kleinen Dingern auf den Leim, Mama,
aber Eulen sind keine niedlichen kleinen Dinger, Eulen sind Biester.
Fledermäuse, Drachen und Werwölfe sind ein Dreck dagegen.«

»Du bist auch ein niedliches kleines Ding, Lotto, aber auf den Leim
gehe ich dir deswegen noch lange nicht. Ich kenne dich. Du willst dich
bloß nicht bedanken. Warum du jedes Mal so ein Theater machst,
wenn du einmal kurz Danke sagen sollst? Ich verstehe das einfach nicht.«

»Was?«, rufe ich. »Ist dir schon mal aufgefallen, wie Eulen rufen?
Original Geisterbahn: Hu-Huuuuh! Hu-Huuuuuuh!«

Mama muss lachen. Immerhin.

»Du sagst doch immer, ich soll keine spannenden Sachen im Fernsehen schauen, aber jetzt soll ich einem ausgewachsenen Monster mein Taschengeld in den Kopf stecken und mich dafür auch noch bedanken? Das ist total unlogisch.«

Mama hat inzwischen das Telefon gefunden und fängt an,
Tante Monikas Nummer einzutippen. So als wäre es ihr vollkommen
egal, ob ich je wieder ein Auge zumachen kann nach allem,
was ich über Eulen weiß.

»Wer hat denn bitte einen Kopf mit einem Schlitz drin, in den man
Münzen werfen soll?«, frage ich, aber Mama beachtet mich nicht.
Sie beachtet mich einfach nicht, sie schaut, ob die Nummer stimmt,
und hält sich den Hörer ans Ohr.

Und all das, um Geld zu sparen? Das kann nur ein Witz sein!
Kein normaler Mensch will einen aufgeschlitzten Schädel mit Münzen
füllen, die noch dazu nie wieder rauskommen.

Es tutet.

Ich hebe meine Hand und flüstere mit geschlossenen Augen:
»Ich schwöre hiermit hoch und heilig, dass ich nie einen einzigen Cent
in den Schlitz dieser Horroreule werfen werde, nie, niemals!«

Und schon ist Tante Monika dran.

Ich höre ihre Stimme nur durch den Hörer an Mamas Ohr, aber sofort
hat sie diesen Rumerzieh-Ton. Diesen Spüli-Ton. In echt ist es nicht ganz
so schlimm, weil da hat sie immer Bonbons dabei, aber am Telefon
klingt ihre Stimme wie Spüli, so seifig-sauber-zitrusfrisch. So nennen
sie das doch in der Werbung: zitrusfrisch – was für ein obertantiges Wort!

Soll Tante Monika doch die Eule damit einseifen! Soll sie doch ihre geliebte Eule in die Spüle setzen und sie mit ihrer Spüli-Stimme duschen, bis sie pitschnass ist. Ist mir doch egal, solange sie mir nicht ins Ohr seift mit ihrem Rumerziehen. Tante Monika erzieht nämlich an jedem herum. Andauernd. Und wenn es dazu keine Bonbons gibt, dann werde ich echt sauer.

Meine Mutter lacht jetzt sogar, obwohl sie in echt Tante Monika auch nicht so supergerne mag, das weiß ich genau, und Papa weiß das auch, aber Mama tut immer so, als ob sie Tante Monika am liebsten heiraten würde. Warum, weiß kein Mensch. Versteht ihr, warum man freiwillig mit jemandem wie Tante Monika telefoniert, wenn man nicht muss? Ich nicht. Erwachsene sind seltsam.

Also ich werde später mit überhaupt niemandem telefonieren. Und sollte ich je so was wie eine Nichte haben, was nicht passieren wird, weil ich ja zum Glück noch nicht mal eine Schwester habe, dann schenke ich ihr nie so was Hinterhältiges wie eine Eulenspardose. Und telefonieren muss meine Nichte, die ich nie haben werde, auch nie mit mir. Denn man muss ja nicht mal eine Nichte haben, um sie nicht zu quälen. Hä? Jetzt bin ich komplett durcheinander …

Jedenfalls ist es so mit dem Telefonieren: Wenn ich Tante Monikas Spüli-Stimme auch nur von Weitem höre, verstecken sich meine Worte unter der Zunge und kneifen meine Lippen von innen zu. Sie wollen da nicht raus. In Tante Monikas Welt müssen nämlich alle gerade sitzen oder sich mit Waschlappen waschen oder die Gabel richtig halten.

Meine Worte wollen die Gabel aber nicht richtig halten, sie wollen
sie extra so in die Luft recken, dass sie aussehen wie Saturn-Soldaten
mit drei silbernen Antennen. Sie wollen die Gabel auf dem Zeigefinger
wippen lassen und die eine Seite mit so einem Kawumms
runterschnalzen lassen, dass die Brokkoli-Röschen nur so durch
die Gegend fliegen.
Und mit Waschlappen waschen meine Worte sowieso nur Lappen.
Lappen sind Typen aus Lappland. Die sehen aus wie Eskimos und bauen
Iglus aus kleinen Eispäckchen. Eispäckchen, die so gerade sitzen,
dass Tante Monika daneben wie ein krummes Gürkchen aussieht,
Tante Monika, das krumme Gürkchen mit der Spüli-Stimme.

Ich muss grinsen.

»Ja, Lotto geht's gut, sie wollte dich auch so gerne gleich mal sprechen«,
sagt Mama jetzt und nickt mir zu.

Das Grinsen hat sich erledigt. Ich halte die Luft an.

Doch Tante Monika brabbelt einfach weiter. Das tut sie immer:
Sie brabbelt auf einen ein, bis sich auch noch das letzte Wort an einem
armen Backenzahn festgekrallt hat, um nicht weggeschwemmt
zu werden.

Tante Monika ist ein Telefon-Tsunami. Und was man bei Tsunamis
machen muss, weiß ja wohl jeder: Rennen!

Doch meist ist der Tsunami da, bevor man rennen kann. Und schwupps
habe ich ihn am Ohr. Ich rudere mit den Armen, aber Mama ist das egal,
wenn der Tsunami von Santa Monika mich erwischt. Und schon bricht
die Welle über mir zusammen. Die Spüli-Welle von Santa Monika.
Und weit und breit keines dieser obercoolen Surfbretter zu sehen.

»Charlottchen, wie schön, dass du mich mal wieder anrufst!
Ist ja ein seltenes Vergnügen ...«

Noch immer halte ich die Luft an. Wenn ich jetzt einatme,
dann dringt das Spüli in meine Lungen, und ich bin tot, mausetot,
ertrunken am Strand von Santa Monika.

»Hallo, Tante Monika, ja«, sage ich.

»Weißt du, es wäre schön, wenn du ab und zu mal was von dir hören
lässt, denn ich freue mich immer so, wenn du anrufst ... Blablabla ...«

Das hat Tante Monika jetzt nicht gesagt – ich meine: das Blablabla –,
das habe ich mir nur dazugedacht, aber ich finde, es klingt so super,
dass ich es gleich noch mal denke: Blablabla ...

»Ja, mach ich«, sage ich also und lächle ganz ruhig vor mich hin.
»Ist das Paket angekommen? Die Post ist ja manchmal so langsam,
und Schlawiner gibt es ja auch inzwischen überall ... Blablabla ...«
»Doch, doch, ist hier, danke«, sage ich und nicke meiner Mutter zu,
die mit so einem Gewittergesicht vor mir steht und mich mustert,
als könnte sie all die herrlichen Blablablas in meinem Kopf hören.

»Das ist aber schön«, fährt Tante Monika fort. »Weißt du, ich dachte
mir schon, dass dich die Eule freut. Kinder lieben Eulen, weil die
so lustig mit den Augendeckeln klappern. Klipp-klapp, klipp-klapp ...
Und du bist doch sicher auch so ein kleines Spar-Lieschen
wie deine Mama. Deine Mama hat schon als kleines Mädchen
so viel gespart. Alle kleinen Mädchen sind Spar-Lieschen,
weil sie so ordentlich sind und so vernünftig, deswegen freue ich
mich so, dass du dich so freust ... Blablablubb ...«

»Klar«, sage ich »sparen und alles«, und merke, wie der Tsunami
langsam abebbt, wie ich langsam wieder Luft bekomme und
mein allersüßestes Lächeln auflege – zur Sicherheit immer noch
mit geschlossenen Lippen. Mama schaut mich ein bisschen so an,
als glaubte sie mir mein Lächeln nicht, aber da kann ich ihr nicht helfen.

»Hast du denn schon was reingesteckt?«, fragt Tante Monika.

»Hm«, sage ich.

»Sag bloß, du hast nichts zum Reinstecken?«

»Tja«, sage ich.

»Du arme kleine Maus. Das habe ich ja ganz vergessen, du wirst
ja so kurz gehalten von deiner Mama, aber weißt du was:
Wozu hat man denn eine Tante? Genau! Zum Münzensammeln!
Da kommt ja ganz schön was zusammen. Ich sammle jetzt die 1-,
die 2- und die 5-Cent Münzen und schicke sie dir in so einem wattierten
Umschlag für deine süße kleine Eule. Und die sparst du dann schön
für deine Brautschuhe.«

»Super, danke, tschüss, Tante Monika«, sage ich und strecke Mama
den Hörer hin. Schon so ein bisschen triumphierend.

Brautschuhe? Ich lach mich tot. Heiraten werde ich sowieso nicht.
Und wenn, dann garantiert nicht mit Schuhen, die aus einem Eulenhirn
kommen.

»Charlottchen ist aber eine höfliche kleine Dame«, höre ich
Tante Monika flöten, und Mama verdreht die Augen.

Wattierter Umschlag also, denke ich und muss gleich noch mal grinsen.
Ich sehe schon genau vor mir, wie ich diesen wattierten Umschlag zum
Süßigkeitenladen trage und dort in Gummibärchenschnüre,
saure Colafläschchen, Tennisball-Kaugummis und Leckmuscheln
verwandle. Kennt ihr die? Die Leckmuscheln, meine ich.

Wenn ich das nächste Mal Tante Monika an der Backe habe,
dann stelle ich mir vor, dass in der Hörmuschel zuckerroter Sirup klebt
und der Hörer mit jedem Wort von Tante Monika klebriger wird,
bis ich ihn mit einem Lappen und ganz viel Spüli waschen muss.
Und dann ist das Gespräch pitschnass und vorbei.

Ich gehe in mein Zimmer und streiche der Eulenspardose über den
silbernen Kopf. »Armes Eulchen«, flüstere ich, »nicht sauer sein, bitte ...
Nein, nein, ich finde überhaupt nicht, dass du ein Monster bist,
überhaupt nicht, wirklich. Ich musste das nur deswegen so sagen,
damit ich nicht telefonieren muss, weißt du? Hat aber eh nicht geklappt,
du niedliches kleines Ding.«

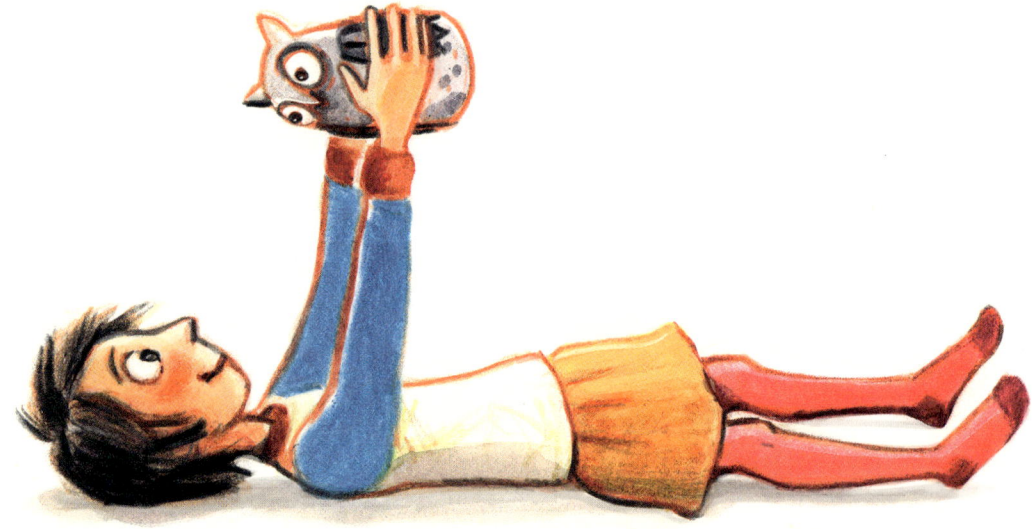

LANGWEILIG

Meine Eltern lesen jetzt Zeitung, und ich soll mich alleine beschäftigen.
Das ist zwar nicht ganz so schlimm wie Brokkoli oder Tante Monika,
aber auf jeden Fall schlimmer als Museum.

»Beschäftigen« ist ja schon das absolut grässlichste Langweiler-
weltmeisterwort der ganzen Welt. Ich will mich nicht allein beschäftigen.
Mir ist langweilig, nicht nur ein bisschen, sondern supermonster-
langweilig, totalwahnsiniglangweilig.

Heute Morgen im Bad, als Mama so ewig rumgeduscht hat,
dachte ich noch, Lava hilft. Aber Lava kannst du total vergessen,
Lava ist viel zu kurz für so was Langweiliges wie jetzt gerade.

Mir fallen auch nur irre lange Wörter ein, die diese furchtbar-
schrecklichlangweilige Zeit noch vieler länger machen.
Lääääääääääääääääääääääääääääääääänger. Ä ist übäärhaupt
däär bääste Buchstääbe dääfür. Ä wie Bäääähhh.

Mir fallen jetzt nur noch Worte mit Bäh, also Ä ein: Ärdbäärän.
Säägälbootää. Säägääspäähnää. Määssäär.

Messer? Das ist es! Das ist viel besser als Ä und Bäh! Ich schneide die Zeit
jetzt durch. In lauter kleine Teile. So wie der Sekundenzeiger das macht.
Nur fester. Richtig. In echt.
Der Sekundenzeiger geht ja über die Zeit nur drüber. Das ist der Zeit egal.
Die bleibt so lange, wie sie will. Ich aber schneide die Zeit richtig durch.
Ich schneide sie ab. Dann wird sie kurz.

Nur, wo ist sie überhaupt? Hat jemand die Zeit schon mal gesehen?
Ich meine jetzt nicht die Uhren, sondern die echte Zeit.

Wenn ich es mir so überlege, dann hat die Uhr überhaupt nichts
mit der Zeit zu tun. Das wäre ja so, wie wenn man sagt, mein Schlitten
ist der Schnee.
Schnee gibt es auch ohne Schlitten. Und Zeit gibt es auch ohne Uhr.
Nur wo?

gestern

Wenn ich jetzt mal so von hier nach da laufe, dann vergeht sie, die Zeit.
Sie ist also schon hier im Raum. Aber wenn ich schneller laufe,
dann laufe nur ich schneller, sie aber nicht.

Die Zeit hat einen ziemlich miesen Charakter: Sie ist nicht nur selbst
unsichtbar, sondern tut so, als wär ich auch unsichtbar. Sie ignoriert mich.

Das mit dem Zeitschneiden bringt also überhaupt nichts, aber vielleicht
kann ich die Zeit beschleunigen, indem ich auch mal so tue, als gäääbe
es sie nicht.

Ich hüpfe also auf meinem Bett herum und strecke dabei die Zunge raus. Wenn die Zeit jetzt denkt, dass ich ihr persönlich die Zunge rausstrecke, ist das ihr Problem, nicht meins.

Ich ziehe meine Hose runter und strecke meinen nackten Po in die Luft. Auch einfach nur so ...

Jemand, der so tut, als gääääbe es ihn nicht, darf sich auch nicht beschwäääären. So einfach ist das.

Danach näääähme ich meinen karierten Block vom Schreibtisch und
schreibe alle Schimpfwörter auf, die mir einfallen, auch die schlimmen:

Affe

Depp

Dumpfbacke

Arsch

~~Hirsch~~

Blödian

Volltrottel

Sau

Pferdegesicht

Trantüte

Biest

Horst

Hirni

Und lege den Zettel auf den Teppich
mitten in mein Zimmer. Wenn jemand
unsichtbar ist, heißt das ja noch lange nicht,
dass er nicht lesen kann. Jetzt muss ich laut lachen.
Wenn ich das nur früher gewusst hätte,
wie viel Spaß es macht, die Zeit zu ärgern!

Mama ruft: »Sollen wir was spielen?«
»Keine Zeit!«, rufe ich zurück.

AUTOFAHREN

Morgen fahren wir zu meiner Oma. Die ist krank. Meine Eltern haben gedacht, ich hör's nicht, aber ich hab's gehört. Sie hat sich die Hüfte gebrochen.

Ich wusste gar nicht, dass die Hüfte überhaupt ein Knochen ist. Ich dachte immer, die Hüfte sei so was wie die Leber oder das Herz. So was Weiches, Ekliges. Ist sie aber nicht. Sie ist ein Knochen, und sie ist mittendrin.

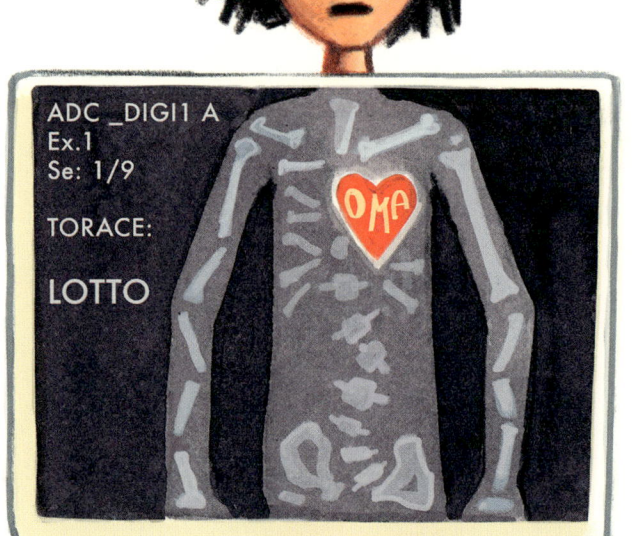

Meine Eltern wollten es mir nicht sagen, weil ich doch meine Oma
so lieb hab. Aber ich finde, traurige Sachen werden noch trauriger,
wenn man sie nicht sagt oder so tut, als ob sie nicht traurig wären.

Wenn ich hinfalle und Mama sagt: »Ist doch nicht so schlimm«,
dann wird es noch schlimmer. Wenn ich hinfalle und Mama sagt:
»Das ist ja das Schlimmste, was passieren kann«, dann ist es
schon besser.

Jetzt bin aber gar nicht ich hingefallen, sondern meine Oma.
Und das ist das Allertraurigste.

Ich muss jetzt kurz mal darüber nachdenken, warum ich meine Oma
so lieb habe. Und ich glaube, es ist so: Meine Oma ist immer da, wo sie ist.
Sie saust überhaupt nicht rum. Sie sitzt da und schaut mir zu,
wie ich rumsause. Und genau deshalb macht mir bei ihr das Sausen
so viel Spaß, weil sie mich so gerne sausen sieht.
Vielleicht mache ich mir also selbst Spaß, weil ich ihr Spaß mache.

Hä? Jetzt habe ich einen Knoten im Kopf. Ich kann das mit mir
und meiner Oma nicht so gut erklären, obwohl es sich wirklich
ober-total-super-klar anfühlt. Manchmal kann ich aber genau
diese ober-total-super-klaren Sachen am wenigsten erklären.

Ach so, eins muss ich euch noch sagen, weil das sonst peinlich ist:
Ich sage natürlich nicht: Sausen. »Sausen«, das sagt meine Oma,
das ist ein Original-Oma-Wort. Und deswegen mag ich's auch,
obwohl es ein bisschen so klingt wie meine Winterjacke riecht,

wenn ich sie oben aus der Kiste im Schrank ziehe und sie dort oben
absolut viel zu lange gelegen hat.

Aber darum geht's ja jetzt nicht. Es geht um meine Oma und wie sehr
ich meine Oma lieb habe. Ich sehe das übrigens so klar vor mir,
als ob ich durch eine frisch geputzte Fensterscheibe in mein Herz
schauen würde.

Also ich meine: nicht in echt. Nicht dass ihr jetzt denkt, ich bin so
eine Art Zombie mit Glas im Körper oder so. Ich hab kein echtes Fenster
über meinem Herzen. Ich sag das nur so, weil es anders nicht geht.

Hab ich eigentlich schon erzählt, dass meine Oma den besten
Zitronenkuchen kann? Ich muss ihr unbedingt einen backen.
Den darf sie dann ganz alleine aufessen.

Sie darf den Zuckerguss abknibbeln und ihren Finger mitten reinstecken, dahin, wo der Kuchen am weichsten ist. Sie darf ihn zerkrümeln und in ihren Tee tunken, sie darf ihn an die Vögel verfüttern oder mir ein paar Stücke geben, sie darf überhaupt alles mit ihrem Kuchen machen.

Und wenn sie weinen will, dann darf sie weinen. Und wenn sie sagen will, dass die Hüfte ein absoluter Scheißknochen ist, dann darf sie das schreien, so laut sie will: Scheißknochen! Scheißknochen! Scheißknochen!

Aber bevor sie den Kuchen von mir bekommt und ihre Hüfte anschreien darf, muss ich noch mit dem Auto zu ihr hinfahren. Drei Stunden. Und das ist schlimm. Kindersitz. Versuch mal, in einem Kindersitz die Zeit zu ärgern! Das geht nicht. Da lacht die Zeit sich tot. Und dann diese Kinderlieder-CD. Ich dreh durch.

Meine Eltern schieben die CD immer einfach rein. Die Lieder sind schlimm. Für Babys! Mit Stimmen von Frauen, die so tun, als wären sie niedliche Kinder. Igitt, echt!

Aber versuch mal, dir in einem Kindersitz die Ohren zuzuhalten! Das geht nicht, das ist zu eng. Das ist zu eng für alles.

Sagen kann ich nichts. Sonst machen meine Eltern ihre eigene Musik an, und das ist noch schlimmer, und am schlimmsten ist dieses Sprechradio, in dem es immer um Medizin geht, die sie in Schweine reinspritzen, oder um Minister. Was es alles für Minister gibt! Schweineminister und Schulminister und Schulbusminister und Schweineschulminister.

Ich finde alle Minister doof. Ich meine, wenn ich die Wahl hätte, ob ich Königin, Kaiserin, Sultan oder besser: Sultanine oder Minister werden will, dann werde ich doch nicht Minister!

Ich würde Sultanine werden. Ich könnte das. Kleopatra war ja auch so was in der Art. Ich kann rumbefehlen, ich kann kostbares Zeugs anhaben, und ich kann thronen. Auf allem Möglichen kann ich thronen: auf Kissen, Decken, Stühlen. Das ist mir egal.

Ich würde dauernd irgendwen begnadigen. Ihr wisst nicht, was das ist? Ich auch nicht so genau, aber die Räuber kommen dann sofort aus dem Gefängnis raus, kaum dass man sie begnadigt hat. Ich glaube, man fühlt sich super, wenn man morgens erst mal jemanden begnadigt. Irgendeinen Räuber oder so. Wenn der dann wieder frei rumläuft, na und?

Angst habe ich keine. Ich werde ja bewacht von den tausend Wächtern mit den goldenen Säbeln und den Turbanen aus Samt und Edelsteinen. Das gehört alles dazu. Ich wäre eine super Sultanine.

Mama sagt: »Das heißt nicht Sultanine.« Aber wie die Frau heißt, die selbst Sultan ist, weiß sie auch nicht. Also!

Ich dachte schon, das Thema mit dem falschen Wort sei erledigt, und hab mir ausgemalt, wie ich meine Oma in meinem riesigen Palast von meinen riesigen Wächtern rumtragen lasse, da hält mir Mama plötzlich eine Dose Rosinen unter die Nase und sagte: »Schau mal, Lotto, das sind Sultaninen.«

Als ich mir die süßen, verschrumpelten kleinen Dinger angucke und mir vorstelle, wie sie von Dienerinnen in prächtige Kleider gehüllt werden, muss ich so laut lachen wie schon lange nicht mehr. Mama hat manchmal echt komische Ideen.

FRAU STINKERÜSSEL

Mama sagt, wir können einen Zitronenkuchen für Oma backen,
aber ich muss vorher noch ein Ei bei Frau Stinkerüssel holen.

Was? Ich fasse es nicht. Das ist die totale Falle. Das ist wie Müllzwingung
oder noch schlimmer. Normalerweise schrei ich erst mal rum,
wenn Mama oder Papa mich zu Frau Stinkerüssel schicken,
aber heute nicht. Heute beschließe ich sofort: Ich mach's für Oma.
Auch wenn es wirklich schlimm ist. Ich mach's.

Ich mach's.

Ich mach's jetzt echt.

Ich gehe am besten jetzt sofort los und denke gar kein bisschen darüber
nach, was gleich passiert, da unten im dritten Stock bei Frau Stinkerüssel.
Ich klingele einfach, ohne mir vorzustellen, dass Frau Stinkerüssel gleich
die Tür öffnen und mich anrüsseln wird und das ganze volle Programm.

Ich geh also los, zähle die Treppenstufen, das mache ich immer,
und bin gleich da. Im dritten Stock bei Frau Stinkerüssel, die eigentlich
Frau Mann heißt, komischer Name, oder? Frau Mann. Ich klingele.
Es klingelt. Und ich höre Schritte. Es kommt.

Es, Frau Stinkerüssel, kann zwei Sachen: stinken und rüsseln. Sie stinkt
nach so einem superekligen, süßen Parfum und nach Sauerkraut
oder Blumenkohl oder beidem, und sie rüsselt mich immer an.

Papa sagt, sie rüsselt mich nicht an, sondern drückt mir ein Küsschen auf die Backe. Aber Papa hat keine Ahnung, weil Frau Stinkerüssel ihn ja nicht anrüsselt. Sie hat es auf Kinder abgesehen. Und auf mich besonders. Sie findet mich süß. Und das ist ja schon schlimm genug. Ich – süß? Ausgerechnet!

Immer wenn ich ein Ei oder Tomatenmark oder eine Tasse Milch bei Frau Stinkerüssel holen muss, kneift sie mich in den Oberarm und sagt mit ihrer kratzig-zuckrigen Stimme: »Ach, wie schön, dass du mich mal wieder besuchen kommst«, und dann rüsselt sie mit ihrem komischen Rüsselmund und ihrer komischen Rüsselnase an meinem Gesicht herum.

Kaum hat sie mich angerüsselt, zerrt sie mich auch schon in ihre Wohnung und schleift mich in ihre Küche, in der gerade ein Blumenkohl vor sich hin stinkt – ich schwör's.
»Komm nur rein, Charlotte«, sagt sie dann.

Charlotte? Ich heiße nicht Charlotte, mein Pass heißt Charlotte, aber ich nicht, ich heiße Lotto. Mit Lotto wird man reich. Supersaureich. Millionärin wird man da.

Das weiß ich genau, das hat mir mal der Max aus meiner Klasse erklärt, der ist nicht besonders schlau, aber mit so Sachen wie Testament und Lotto – mit denen kennt er sich aus.

Jedenfalls: Seitdem nenne ich mich Lotto. Passt auch viel besser zu mir, finden selbst meine Eltern. Aber Frau Stinkerüssel verrate ich das nicht, sonst will sie noch an meine Millionen.

»Warum denn so schüchtern?«, fragt Frau Stinkerüssel.

Ich – schüchtern? Wenn die wüsste! Ich heiß nicht Charlotte, und ich bin nicht schüchtern. Ich lach mich tot.

Leider lacht *sie* sich nicht tot, sondern zieht eine alte, knarzende Schublade aus einer alten, knarzenden Kommode und holt eine alte, knarzende Schokolade heraus, die so eine weiße Schicht drauf hat. Sie hält mir die Schimmelschokolade vor die Nase und fragt: »Willst du einen Saft?«

»Ein Ei«, sage ich.

»Warum denn so bescheiden?«, fragt sie und zwinkert mir zu.

Ich – bescheiden? Sie hat wirklich nicht die geringste Ahnung.

»Zwei Eier«, sage ich und schaue auf den Boden, damit sie mich ja nicht noch mal anzwinkern kann.

Aber sie zwinkert gar nicht, sondern lacht sich kaputt, und ihr riesiger Busen bebt dabei, und ihre rüsselige Nase zittert nur so, und dann kommt sie auch noch in meine Nähe und kneift mir mit ihren Sauerkraut-Blumenkohl-Parfum-Händen in die Backe.

Und kurz bevor sie dabei ist, mich an diesen wirklich riesigen Busen zu drücken, rufe ich noch schnell: »Ich muss hoch.«

»Warum denn so eilig?«, fragt sie.

»Weil du mich immer so eklig anrüsselst«, will ich sagen, aber ich sage: »Oma ist krank.«

Und das war sauschlau von mir, weil Frau Stinkerüssel auch Oma ist – von zwei blonden Zwillingsjungs, die komischerweise kein bisschen stinken, sondern echt süße Locken haben. Aber sie sind wahrscheinlich adoptiert. Denn wie sollen bei so einer Oma solche Enkel rauskommen?

Frau Stinkerüssel geht jetzt zu ihrem Kühlschrank und drückt mir drei Eier in die Hand. So ist sie, die Frau Stinkerüssel. Sie macht die schlimmsten Sachen, und danach soll man ihr auch noch dankbar sein.

»Tausend Millionen Hundert Dank«, sage ich, weil ich mich unbedingt so bedanken muss, dass etwas mit dem Dankeschön nicht stimmt. Ich lass mich nämlich nicht verarschen, schon gar nicht von Frau Stinkerüssel.

Sie lacht und sagt: »Haben wir aber gute Laune heute!« Und schon bin ich aus der Tür. Auf der Treppe denke ich, dass ich nie eine Frau werden will, die den Dank und die gute Laune von anderen Menschen klaut.

Ich stelle die Eier in die Küche und wasche mir das Gesicht. Mama wundert sich darüber, aber doof ist sie ja nicht, also fragt sie nur: »Drei?«

Ich sage: »Schmerzensgeld«, und grinse.

»Schmerzensgeld?«, denke ich. Was für ein tolles Wort! Bis gerade wusste ich nicht mal, dass ich es überhaupt kenne. »Schmerzensgeld«. Dass mir das Wort kurz nach einem Besuch bei Frau Stinkerüssel eingefallen ist, hat mir meine Würde wiedergegeben, denke ich jetzt. Und mit »Schmerzensgeld« und »Würde« im Kopf fühle ich mich überhaupt nicht mehr angerüsselt, sondern super.

Und als meine Mutter anfängt, die Eier in den Teig für den Zitronenkuchen zu schlagen, denke ich darüber nach, wann ich das Wort
»Backpulver« das erste Mal gesagt habe oder »Nagelfeile« oder
»Saugnapf«. Und dann denke ich, dass mein Leben wunderschön
und total unverrüsselt werden wird.

Ich stecke meinen Finger in den Teig, schlecke ihn an und lächle
so vor mich hin.

KATZEN UND PIZZAKARTONS

Heute darf ich vor dem Schlafengehen noch ein bisschen fernsehen. Das darf ich nicht immer, manchmal spielen wir auch Mensch-ärgere-dich-nicht oder Superhirn, oder ich muss mich schrecklich langweilen oder sogar gleich ins Bett, aber manchmal darf ich eben auch fernsehen. So wie heute.

Papa macht mir den Kindersender an, auf dem ja auch ganz lustige Sachen laufen, und sagt: »Halbe Stunde, ja?«

»Klar«, sage ich, und schon hat Jerry Tom wieder so eine oberfiese Falle gestellt, dass Tom aussieht wie ein platt gewalzter Kuchenteig.

Warum die Erwachsenen immer denken, dass wir glauben, dass man Kater grillen und platt walzen kann, ohne dass sie mausetot sind, weiß ich wirklich nicht. Vielleicht denken Erwachsene, wir denken nicht über den Tod nach.

Das stimmt aber nicht, überhaupt nicht. Ich weine sogar manchmal deswegen. Ich weine, weil ich mir vorstelle, dass es mich nicht mehr gibt. Das ist dann echt traurig für mich. Obwohl ich es dann ja eigentlich nicht mehr merke, eben weil es mich nicht mehr gibt ... Komisch, das alles.

Aber natürlich denken Kinder viel mehr über den Tod nach als Erwachsene, weil es viel trauriger ist wenn ein Kind stirbt, hundertmal, tausendmal. Weil ich zum Beispiel kann ja noch Raketenchefin oder Zirkusdirektorin werden. Meine Haut ist noch nicht schrumpelig. Mein Oberschenkelknochen wächst noch. Lauter solche Sachen.

Papa schaut jetzt Tom & Jerry. Jerry liegt mausegemütlich in einem kleinen rot-weiß gestreiften Liegestuhl und rekelt sich. Der Fernseher steht im Elternschlafzimmer, das Bett ist das gemütlichste der Welt, ich hab die Fernbedienung in der Hand und finde es gerade total super, dass ich nichts mit irgendeinem Geschwister teilen muss. Papa streicht mir über die Haare, geht raus und schließt die Tür.

Und zack schalte ich um. Es gibt nämlich noch viel lustigere Sendungen als Tom & Jerry.

Filme über Schwertransporter zum Beispiel. Schwertransporter sind diese superlangen LKWs, für die Ampeln abmontiert und ganze Autobahnen gesperrt werden müssen. Sie fahren nachts komplette Häuser durch die Gegend. Aber nicht nur Häuser, sondern auch Kräne und Atombomben – obwohl: Atombomben kann nicht sein, denn dann wäre ja Weltkrieg. Also keine Atombomben, aber Häuser schon und Kräne.

Ich stelle mir dann immer vor, wie ich später mal mitten in der Nacht meine Schule auf so einen Schwertransporter lade und sie direkt am Strand von Italien hinstelle.

Dann könnten wir in der Pause im Meer rumplanschen und Pistazieneis essen, und wer gerade mal nicht zuhören will, kann auf die Wellen schauen und sich überlegen, wie viele Delfine genau da jetzt rumschwimmen. Denn irgendwo schwimmt ja immer ein Delfin rum.

Was ich auch noch im Fernsehen mag, sind Gerichtssendungen. Da sitzt so eine Richterin im Faschingskostüm, klopft mit einem Schnitzelklopfer vor sich auf den Tisch und schickt Menschen mit hässlichen Frisuren ins Gefängnis.

Ihr könnt euch nicht vorstellen, was diese Menschen mit den hässlichen Frisuren alles erleben! Die rauben Banken aus, bestehlen ihre Nachbarn oder fahren betrunken Auto, lauter solche Sachen.

Ich glaube, ich finde Gerichtssendungen deswegen so toll, weil mein Papa ja Rechtsanwalt ist und ich bisher immer dachte, er geht eben mit Krawatte ins Büro und locht an seinen Ordner-Zetteln rum oder markiert mit Leuchtstift irgendwelche Zahlen, weil so Zeugs bringt er manchmal mit nach Hause.

Jetzt laufen aber gerade keine Sendungen über Schwertransporter und auch keine über diese Räuber mit den Fransenhaaren, sondern eine Sendung über Messies.

Die Serie kenne ich schon, die liebe ich auch total. Wisst ihr, was Messies sind? Nein? Wusste ich vorher auch nicht. Messies sind Menschen, die Müll lieben und Müll sammeln und auch ganz viel Müll haben, aber dabei trotzdem ganz unglücklich sind.

Jetzt gerade heult der eine Messie ziemlich schlimm. Doch da gibt es diese nette, dicke blonde Frau, die ihn jetzt umarmt und ihm verspricht, alles für ihn aufzuräumen. Warum sie das tut, weiß ich nicht genau, aber wahrscheinlich ist das einfach ihr Beruf.

Messies können nichts wegschmeißen. Als ich die Sendung zum ersten Mal gesehen habe, dachte ich, dass ich vielleicht auch ein bisschen Messie bin, aber dann habe ich rausgefunden, dass ich gegen

einen Messie Prinzessin Zitrusfrisch bin. Mein Schreibtisch ist
eine blank gefegte Wüste gegen den Schreibtisch von so einem Messie.

Am schlimmsten wird's, wenn Messies Katzen lieben –
so wie der hier. Der hat nämlich 30 Katzen, und die pinkeln
auf die 300 Pizzakartons. Und wie das stinkt,
will ich mir gar nicht erst vorstellen.

Da fällt mir ein: Wusstet ihr eigentlich,
dass es bald 4-D-Filme gibt?
Also 3-D kennt ihr ja aus dem Kino,
da fliegen einem die Sachen so entgegen.
Das ist ja schon irre genug, aber bald gibt's Filme,
in denen es in echt regnet, wenn es im Film regnet.
Spätestens dann höre ich auf mit den Messie-Sendungen. Das ist klar.
Riechen will ich das nicht mit den Katzen und den Pizzakartons.

Die nette, dicke Blonde lässt jetzt kiloweise Müll aus der Messie-
Wohnung schaufeln, und gerade als es mir doch alles ein bisschen
zu eklig wird, ruft Papa: »Lotto, machst du aus, bitte?«

Das ist der Punkt, wo ich normalerweise ein Riesentheater mache,
weil ich es normalerweise auch eine Riesenzumutung finde, mittendrin
unterbrochen zu werden. Papa hat da nämlich normalerweise überhaupt
kein Erbarmen, obwohl er sonst immer sagt, ich soll meine Sachen erst
mal zu Ende machen, bevor ich was Neues anfange, aber beim Fernsehen
ist ihm das egal. Total unlogisch. So ist das normalerweise, aber heute:
null, kein klitzekleines bisschen Theater.

Ich schalte einmal kurz zu Tom & Jerry um,
damit meine Eltern mir mit den Messies und so
nicht auf die Schliche kommen.

Toms Barthaare brennen, seine Augen drehen sich in roten Spiralen,
und Jerry grinst. Auch lustig, wirklich, aber ich mach aus, gehe ins
Wohnzimmer und sage: »Lief noch, aber macht nichts. Ist schon okay.«

Papa lächelt mich an. Das Tolle an Papa ist: Er glaubt mir fast alles.
Mama glaubt mir fast nichts. Mama schaut mich immer so an,
als hätte sie mich komplett durchschaut, aber Papa? Papa denkt
gar nicht darüber nach, er glaubt mir einfach.

Ich frag mich nur gerade, wie er dann rausfinden will, was die Leute
mit den hässlichen Frisuren wirklich ausgefressen haben, aber das
ist ja eigentlich auch nicht mein Problem. Solange er mir glaubt.

Ich schaue mich also in unserer Wohnung um und klettere auf
Papas Schoß, der auf dem Sofa sitzt, nicht eine einzige Katze besitzt,
ganz sauber riecht, eine wirklich sehr schöne Frisur hat
und die Pizzakartons immer gleich wegschmeißt. Und plötzlich
wird mir ganz warm, und ich merke, wie ich Papa anstrahle,
als wäre er ein Filmstar oder so was.

Kennt ihr das? Wenn ihr plötzlich merkt,
wie schön euer Leben ist?

MITTEN IM LEBEN INS BETT

Und dann muss ich ins Bett.

Warum muss eigentlich jeder Tag so enden? Auch der schönste?
Auch Weihnachten? Auch mein Geburtstag? Auch der Tag, an dem ich
vier Kugeln Pistazieneis essen durfte mit Sahne?

»Los jetzt, ab ins Bett«, sagt Papa, der doch gerade noch so gut
gerochen hat.

Warum muss man denn überhaupt schlafen? Das ist die eine Sache,
die ich dem lieben Gott oder den Affen oder den Neandertalern oder wer
auch immer die Menschen erfunden hat, richtig schlimm übel nehme.

»Du verpasst doch nichts, Lotto«, sagt Papa jetzt und streicht mir
über den Kopf, als wäre ich ein bisschen verrückt.

Ich habe schon oft darüber nachgedacht, was das mit dem Verpassen
bedeuten soll, aber ich komme nicht dahinter. Und wenn ich jetzt so
darüber nachdenke, dann ist mir vollkommen klar: Es ist falsch.
Ich verpasse nämlich alles, was man nur verpassen kann, wenn ich
schlafe. Ich verpasse mein Leben, ich verpasse meine Zukunft.

Vielleicht fühlt sich das anders an, wenn man erwachsen ist.
Vielleicht ist die Zukunft dann so ein schlapper Sack, in dem keine Luft
mehr drin ist. Und so einen schlappen Sack verpasst man vielleicht
sogar ganz gerne. Aber Papa und Mama sehen überhaupt nicht aus
wie schlappe Säcke, kein bisschen sogar. Dafür ist Papas Bauch zu dick.
Gut, das war jetzt ein bisschen gemein, aber nicht gemeiner,
als mich mitten in meinem Leben ins Bett zu schicken.

Kann es sein, dass Mama und Papa zum Beispiel so einen Abend gar nicht
als Zukunft sehen, sondern als Abend, nur als Abend?
Versteht ihr, was ich meine?

Natürlich ist ein Abend auch ein Abend, aber er ist eben auch
eine Zukunft, meine Zukunft. Und deswegen kann ich auf keinen Fall
denken, dass ich ihn auch verpassen kann. Denn wenn ich irgendwas
nicht verpassen will, dann ist es doch meine Zukunft. Das ist
doch logisch, oder etwa nicht?

Ich finde, jede Stunde, die ich schlafen muss, ist Zukunft, in die Mülltonne
gestopft. Oder, wartet mal: nicht in die Mülltonne, weil da könnte
man die Zukunft ja wieder rausholen, sondern: in den Schredder.

Wisst ihr, was ein Schredder ist? Ein Schredder ist eine Maschine,
die Papier in Streifen schneidet. Eine Nudelmaschine für Papier.
Was jetzt natürlich nur dann eine super Erklärung ist, wenn ihr wisst,
wie eine Nudelmaschine aussieht. Aber vielleicht habt ihr ja auch
so eine, und vielleicht steht eure Nudelmaschine auch ganz hinten
im Schrank und verstaubt.

Unsere steht nämlich ganz hinten im Schrank und verstaubt. Genau einmal haben wir damit Spaghetti gemacht. War super, aber dann: Schrank, ganz hinten, Staub. Und da steht sie jetzt neben der Saftmaschine, der Joghurtmaschine und der Sandwichmaschine.

Wenn meine Eltern mir noch einmal sagen, dass Klebebildchen Geldverschwendung sind, dann führe ich sie original zu ihrem Küchenmaschinenfriedhof.

Aber eigentlich geht es ja jetzt gar nicht um Küchenmaschinen. Es geht um meine Zukunft, die ich in den Schredder stecke, wenn ich mich einfach so ergebe und einschlafe.

Ab heute ist Schluss damit. Ich werde nie wieder einfach so einschlafen. Ich werde für meine Zukunft kämpfen und nie wieder schlafen oder nur, wenn ich absolut nicht mehr kann, so wie an Silvester manchmal.

Ich werde heute herausfinden, wie das passiert, dass ich trotz allem Widerstand immer wieder einfach so einschlafe und am nächsten Morgen wieder nicht weiß, wie das passieren konnte, dieses miese Eingeschlafensein.

Ich ziehe also das Programm durch, das man durchzieht, wenn man schlafen geht, nur dass ich wach bleiben werde. Und weil ich mir da heute besonders sicher bin, kann ich jetzt locker Zähne putzen, auch wenn wegen der super grün-weißen Waschbecken-Schlange von heute Morgen kaum noch Zahnpasta übrig ist. Ich kann meinen Schlafanzug anziehen, Mama und Papa gute Nacht sagen und dabei sogar einmal so laut gähnen, dass sie sich richtig freuen, weil Eltern sich immer so wahnsinnig freuen, wenn Kinder müde sind.

Heute werde ich aber nicht schlafen. Ich werde meine Zukunft nicht schreddern. Ich werde wach bleiben und mir meine Zukunft ausmalen. Das sagt man doch so: Sich seine Zukunft ausmalen. Und ich mag das, dass man das so sagt, weil ich Zukunft mag und Ausmalen mag.

Ich schaue also an die Decke über mir und male sie erst mal weg. Denn wozu brauche ich eine Decke, wenn ich meine Zukunft ausmalen will? Schwupps, weg ist sie!

Das ging einfach. Sie ist wie Vanilleeis im Sommer einfach weggeschmolzen. Und jetzt ist da dieser große, wahrscheinlich total unendliche Raum, in den ich jetzt so dermaßen viele Farben reinschleudern kann, dass es nur so spritzt.

Und wenn ihr jetzt denkt, ich mache die Augen zu, weil ich mich ergebe und doch einschlafe, habt ihr wirklich überhaupt keine Ahnung!
Ich mache die Augen zu, weil der Raum über mir dann noch weiter wird und ich dann noch besser mit Froschgrün, Kirschrot und Tintenblau in den geschmolzenen Himmel reinfeuern kann.

Es ist der reine Wahnsinn. Wenn ihr das sehen könntet! Macht mal die Augen zu! Überall bunte Bögen und Spiralen und Kreise und Blitze und Punkte, und überall tropft und regnet es runter.

In einem Kinderbuch würde jetzt stehen: Es sieht aus, als ob Frau Regenbogen ein Feuerwerk veranstaltet. Aber so sieht es hier überhaupt nicht aus. Hier gibt es überhaupt keine Frau Regenbogen. Hier geht's ab!

Grüne Explosionen, lila Duschen, knallrote Spiralen, Ringel und Streifen in so vielen verschiedenen Gelbs, wie ich sie noch nie gesehen habe. Blaue Blubbs, die platzen und zu Sternen werden. Goldene Pfeile, die durch die Luft schießen und in silberne Ringe zielen, die in alle Richtungen sprühen. Und dann so Farbwiesen und Farbseen und Farbberge und Farbklumpen und Farbkrümel und alles um mich herum und ich da mittendrin.

Und kaum bin ich zu der knallroten Spirale geflogen, um ein paarmal
auf ihr rumzurutschen, kommt Mama ins Zimmer und sagt:
»Aufstehen, Lotto, es gibt Frühstück.«

Was? Soll das ein Witz sein? Ich bin doch gerade erst ins Bett gegangen.

»Aufwachen, Lotto«, sagt Mama jetzt und sieht dabei überhaupt nicht
so aus, als ob sie einen Witz macht. Sie meint es ernst.

Hä? Ich habe nicht geschlafen, keine Minute. Ich hatte nur die Augen zu, das war alles.

Ich schaue aus dem Fenster. Draußen ist jetzt echt morgens.
Wie kann das sein? Irgendjemand muss die Zeit vorgedreht haben.

Ich richte mich im Bett auf und kann es nicht fassen. Da fällt mein Blick auf den Zettel mit den Schimpfwörtern, den ich gestern der Zeit geschrieben habe.

Und plötzlich habe ich eine Idee: Vielleicht steckt meine Zukunft mit mir unter einer Decke. Vielleicht hat die Zukunft die Zeit vorgedreht, damit ich sie in Ruhe ausmalen kann und alle denken, ich hätte geschlafen.

Und natürlich, jetzt fällt es mir wie Schuppen von den Augen: Was ist denn Zukunft anderes als vorgedrehte Zeit? Wie abgefahren! Ich muss grinsen.

Wir sind jetzt also ein Team: meine Zukunft und ich. Ich grinse und halte die Luft an. Denn das ist wirklich ein Riesengeheimnis. Und eins ist klar: Dieses Riesengeheimnis verraten wir niemandem – außer euch!

Die Autorin Annika Reich, 1973 in München geboren, lebt mit ihren beiden Kindern in Berlin. Sie arbeitet als Gastdozentin an der Kunstakademie Düsseldorf, schreibt für die ZEIT-Online-Kolumne »10 nach 8« und ist Mitinitiatorin des Aktionsbündnisses »Wir machen das«. Bei Hanser erschienen die Romane *Durch den Wind* (2010), *34 Meter über dem Meer* (2012) und *Die Nächte auf ihrer Seite* (2015). Die Geschichten um Lotto sind ihr Kinderbuchdebüt.

Die Illustratorin Regina Kehn, 1962 geboren, studierte Illustration an der Fachhochschule für Gestaltung in Hamburg. Seit 1990 arbeitet sie als freie Illustratorin für Zeitschriften und Kinderbuchverlage. Sie lebt mit ihrem Mann und ihren beiden Töchtern in Hamburg. *Lotto macht, was sie will* ist ihr erstes Kinderbuch bei Hanser.

erscheint als Hörbuch bei der HÖRCOMPANY, gelesen von Ilona Schulz